雅众诗丛·日本卷

麦秸的草帽

西条八十童谣全集

むぎわらぼうし

さいじょうやそ童謡全集

[日] 西条八十 著

金如沙 译

北京联合出版公司
Beijing United Publishing Co.,Ltd.

雅众文化　出品

目 录

译者序   1

思慕与追忆

笔头菜 *   9
带篷的马车   10
山里的母亲 *   11
老码头 *   12
回 忆   13
捉迷藏 *   14
春 日 *   15
帆 船   16

未知的世界

点心屋   19
魔 术   20
小矮人的地狱   21
巨大的草帽 *   23
大象和芥子人偶   24
理发店小伙计的歌   26
白色的帆船 *   27

四个故事

玻璃山 *   31
九个黑人 *   33
雪夜里的故事   34
岛上的一天   36

鸟儿的歌

金丝雀 *	41
黄　昏 *	42
乌鸦的信 *	43
燕子叔叔 *	44
电线杆的帽子 *	45
雪　夜 *	46
摇摇晃晃的鸢 *	47
燕子和时钟 *	48
云　雀 *	49
归　燕	50
鸟和人	51

动物的歌

村里的英雄 *	55
象 *	56
月亮和猫	57
羊　儿	58
狗和云 *	59

虫儿的歌

蝴　蝶 *	63
蟋蟀的歌	65
蝈　蝈	66
水边发生的事情	67
蜗牛的歌	68
蟋　蟀	69
蚂　蚁	70
春天的傍晚	71

歌

　　冬天早晨的歌 * 　　　　　75

　　小　路 　　　　　　　　76

　　海山小调 　　　　　　　77

　　黄昏的歌 * 　　　　　　78

花和草木

　　蔷　薇 * 　　　　　　　81

　　硕大的百合 　　　　　　82

　　脚　掌 * 　　　　　　　83

　　蒲公英 　　　　　　　　84

　　樱　花 　　　　　　　　85

　　扁桃的梦 * 　　　　　　86

　　向日葵 　　　　　　　　87

　　大葱花开 　　　　　　　88

　　落　叶 　　　　　　　　89

孩子们的生活

　　山丘上 　　　　　　　　93

　　骨　牌 　　　　　　　　94

　　取　药 　　　　　　　　95

　　扔掉草鞋 　　　　　　　96

　　残落的烟花 　　　　　　97

　　伤　口 * 　　　　　　　98

　　歇业的玩具店 　　　　　99

　　葫芦花 　　　　　　　　100

　　电　影 * 　　　　　　　101

　　走马灯 　　　　　　　　102

　　山大王 * 　　　　　　　103

坡　道　　　　　　　　　　104
玩具船*　　　　　　　　　105

我的家人

妈妈的眼睛　　　　　　　109
络腮胡子　　　　　　　　110
祖母和鹳　　　　　　　　111
雨　夜*　　　　　　　　 112
捶　肩*　　　　　　　　 113
在海边　　　　　　　　　114
姐　姐　　　　　　　　　115

陌生的人们

邻　居　　　　　　　　　119
泪　痣　　　　　　　　　120
船夫的孩子　　　　　　　121
牧场的姑娘*　　　　　　 122
红猎装　　　　　　　　　123
爬树的太右卫门　　　　　124

天和地

月亮姐姐*　　　　　　　 127
夏　雨*　　　　　　　　 128
雪的信笺　　　　　　　　129
焰　火　　　　　　　　　130
白昼的月亮*　　　　　　 131
星星和草莓*　　　　　　 132
河边的黄昏*　　　　　　 133
书　写　　　　　　　　　134

秋　风	135
小水洼 *	136
阵　雨 *	137
稻草人和大海	138

玩具、道具、食物

蜡人偶 *	141
铅锡玩具兵 *	142
童　椅	143
旧银币	144
梦中的人偶	145
孤独的旅人	146
父子指针	147
人偶的脚 *	148
铅笔芯	149
雨雪交加的夜晚 *	151
明信片	152
麦秸的草帽	153
漂走的椅子	154
钟表店的时钟 *	155
丢失的铅笔	156
大球和小球	157
哥俩好	158
盘子的庆典	159
点心火车	160

谜　语

谜　语（一）	163
谜　语（二）	164

温柔的歌

灰 尘　　　　　　　　　　167
来呵快来呵　　　　　　　168
帽 子　　　　　　　　　　169
归 途　　　　　　　　　　170
白天发生的事情　　　　　171
写 信　　　　　　　　　　172

译谣集

孩子和老鼠　　　　　　　175
在花园里　　　　　　　　176
云雀和金鱼　　　　　　　177
如果谁也不娶我　　　　　178
行军歌　　　　　　　　　179
歌　　　　　　　　　　　180
床铺的小船　　　　　　　181
人 偶*　　　　　　　　　182
风*　　　　　　　　　　　183
樱 桃　　　　　　　　　　184
骑马的人　　　　　　　　185
猪和烧炭人　　　　　　　186
风铃草　　　　　　　　　187
老 兵　　　　　　　　　　188
猎 人　　　　　　　　　　189
中国的摇篮曲　　　　　　190
黄 昏　　　　　　　　　　191

后 记　　　　　　　　　193

译者序

西条八十和他的童谣

西条八十，是日本现代著名诗人、法语文学学者和词作家。日本电影《人性的证明》中的那首《草帽歌》，在一代人的记忆中留下了深刻的印象。电影中的英语歌词便源自西条八十的诗《我的帽子》。然而，对于诗人本人，国内目前没有太多的介绍。

西条八十并非笔名，而是诗人的本名。由于日语中"九"的一种发音与"苦"相同，所以双亲为他取名"八十"，是希望他的人生没有"九（苦）"。1892年1月15日，西条八十生于日本东京市牛込区（今新宿区）的一个富裕家庭，是一个生活在优越环境中的"小少爷"。1898年，西条八十进入樱井寻常小学，之后升入早稻田中学，结识了老师吉江乔松。西条八十曾在杂志上读过吉江乔松的文章，心生敬意，但由于文章是以笔名发表的，起初他并没有认出作者正是自己的老师，后经人提醒才发现。在中学的修学旅行期间，西条八十在箱根恰巧有机会与吉江乔松长谈。两人的交谈影响到了西条八十的学业方向和后来的创作，吉江乔松是其生涯中最重要的引路人。西条八十擅长英文，在中学期间便向英国老师学习英语，还在英语学校学习过。后在早稻田大学就读期间，其兄携家产与艺伎私奔，从此家道中落。西条八十不得不从事英文家教以维持生计。后来他在友人的劝说下开始投资股票，小赚了一笔，但很快以亏损告终。

西条八十就读于早稻田大学文学部英文系，其间他便在《早稻田文学》发表作品，还与日夏耿之介[1]等人创办了杂志《圣杯》（后改名为《假面》）。除此之外，他还曾参与到三木露风[2]的《未来》杂志。毕业后，西条八十先是在外文出版社从事编辑工作。在1923年的日本关东大地震中，西条八十的次女慧子过世。在经历丧女之痛的第二年，他前往法国索邦大学留学两年，在此期间结识了保罗·瓦莱里[3]。回国后，西条八十成为早稻田大学法文学系的助教授，后于1931年升为教授，但最终因学院内部的纠纷而辞职。在法国文学方面，西条八十曾发表关于诗人兰波的研究著作。在"二战"期间，他曾是随军文人。"二战"结束后，他创作了大量歌词，担任日本音乐著作权协会会长，1962年成为日本艺术院会员。1970年，西条八十于家中病逝，享年78岁。

在童谣创作方面，西条八十与北原白秋、野口雨情齐名，是大正时期（1912—1926）最优秀的童谣诗人

---

1 日夏耿之介（1890—1971）：日本诗人，英国文学学者。原名樋口国登，号夏黄眠、黄眠道人、黄眠堂主人等，在多个学术领域有建树，被誉为"学匠诗人"。——译注（本书注释如无注明，均为译注）
2 三木露风（1889—1964）：日本诗人，随笔作家，原名三木操。代表诗集有《夏姬》《废园》《寂寞曙光》《白手猎人》等。
3 保罗·瓦莱里（1871—1945）：法国诗人，作家。

之一。西条八十的童谣创作始于他创作生涯的早期，正值日本的童谣运动。童谣运动反对训诫式的儿童文学，旨在为儿童创作出富有艺术性的精美童话和童谣。童谣运动的标志刊物是《红鸟》，由铃木三重吉创办于1918年，是一本儿童文艺杂志。西条八十的童谣最早便发表于《红鸟》。当时，西条八十在出版社工作，应铃木三重吉的邀请，于创刊当年的9月和11月先后发表了《金丝雀》和《蔷薇》，此后持续创作童谣。1919年，西条八十自费出版了他的第一部诗集《砂金》，其中有一部分童谣作品。

早在大正十三年（1924），日本新潮社便出版了西条八十童谣作品的全集，其中收录了他的121首童谣和17首译谣作品，童谣按照主题又分成了十五组。西条在这部童谣集的后记中简要谈及创作歌谣的感想。他认为童谣写作有两个必要条件："其一是要有诗的芬芳，另一个是要适合儿童朗诵。童谣写作有时比通常的诗歌写作还困难，因为必须具备这两个条件。天平的一端发生倾斜时，就会完全失去艺术的芬芳，或者因无法引起儿童的关注而告终。"西条八十的感想与铃木三重吉在《红鸟》中的主张十分符合，被评价为童谣运动中的重要人物之一。

《西条八十童谣全集》中的作品有以下三种特点。首先是异域风情，满足了孩童的好奇心，激发对广阔世界的想象力，比如《大象和芥子人偶》和《旧银币》。其次，诗人考虑到儿童受众，诗歌的语言具有节奏感，时常使用重复的技巧，运用叠词和拟声词，以触动儿童的情感，留下深刻的印象。最后，西条八十童谣最为显著的特点，也是与其他诗人的不同之处，即作品中的细腻而真挚的情感。西条八十童谣中的"孤独"，尤其被视为他的创作特色。有学者指出，当时的另一位著名童谣诗人北原白秋的作品就像喧嚷的夏日祭典，充满了活力，而西条八十的作品则相反，像是祭典结束后寂静的神社。

西条八十童谣中真挚的情感，符合当时童谣运动的主旨，也反映出诗人的创作态度。成年诗人想要创作出能够打动孩童的作品，正如西条八十所说，是十分困难的，但并非没有方法。成人与儿童的感情在一定程度上是可以共通的。西条八十的童谣虽然是为儿童创作的，但其中饱含了一个成年人对孩童世界的追忆和怀想。不过，儿童不需要对诗篇中的复杂情感有深入的认识，也能体会到由优美文字、精巧意象和细腻情感营造出来的氛围。而这些有着丰富感情的篇章，也体现着西条八十的性格特质，以及他对人生逆境的感触。西条八十在诗集《蜡人偶》的序言中提到，在他的心中，有着一个与生俱来的独特世界，这些诗篇都是关于它的，具体来说分为两种：一种仅限于内心世界，另一种则是内心世界与现实世界的交涉。对于当时深陷贫困之中的西条八十来说，童谣是他重新接近诗歌艺术的契机，也是内心的抒发和寄托。

这部《西条八十童谣全集》是译者在大学本科期间利用空闲时间译出的。当时有关西条八十的汉语资料很少，最初是为了填补这方面的空缺而开始翻译。因为资料有限，首先是在翻译的过程中，通过文字去认识背后的诗人，后来收到友人三井女士所赠的筒井清忠著《西条八十》评传，才开始对他有更进一步的了解。另外，我在本科期间学习的是英美文学，由于学业繁忙，很少有时间去接触日本文学，在着手翻译之前，对于童谣也没有太多的接触。因此，在身为译者的同时，我也是一个好奇的读者。西条八十的童谣中并没有太深刻的思辨成分，文字是精妙灵动的，容易引起情感上的共鸣，令我回想起童年时自己的心境。儿时，对这个世界总是抱有期待的，充满好奇，但偶尔也会莫名地陷入感伤之中。在渐渐形成了内心的秩序后，心态逐渐变得更为踏实平和，可似乎也失去了一些突破常规的奇思异想。虽然感叹时光如梭，往事不可追，可在我看来，这种失去并不见得是一件遗憾。过分沉溺于过往，产生不切实际的执着，反而会妨碍人们体会当下这个阶段的人生。但是，这并不意味着不应该去回忆。只是回忆不该是为了懊悔，而是为了重温那份美好，也是为了更好地审视过去的自己。

　　同一首童谣，在孩子和成人心中，或者说无关年龄，在每个人的心中，都会引起不同的感受。希望这部童谣集能为每一个人，都带来这样独特的一刻。

金如沙
2020 年 6 月

思慕与追忆

大人不过是对高个子小孩的称谓。
——［英］约翰·德莱顿

笔头菜

被陌生人背起
踏上旅途的笔头菜

陌生人穿着黑斗篷
看不见他的面孔　也不知道他的名字

是在哪个国家　是在哪个时代
月亮依然细瘦的暮春

今天独自在片冈[1]
回想梦一般的往事

被陌生人背着
那昔日的笔头菜。

---

[1] 片冈：日本地名。

带篷的马车

除夕的夜晚
带篷马车驶过

咖啡色的马儿
鬃毛齐整

没有乘客
也没点车灯

马车运送着
今年的梦想

在十字路口
透过风雪瞧见

浅紫色的
座垫上

枯萎的玫瑰
和一枚戒指。

山里的母亲

经常做的梦
是寂寞的梦
月光照耀着
深夜的山顶

青色的光
浸润着
我孤单的
母亲

寸草不生的
山岩
苍白的赤脚
惹人爱怜

既不哭泣
也不言语
风中摇曳着的
只有影子

醒来后总感到
寂寞的梦
月光照耀着
深夜的山顶。

老码头

老码头
正午的码头
我们将小船停靠

寂寞的码头
雾里的码头
凌霄花正开放

巡视城中
家家都在酣睡
我们落寞离去

老码头
沉睡着的码头
凌霄花呵　再见吧。

回 忆

手持
一朵向日葵的女人

用温柔的语调
轻声和我说话

七尾驶向伏木的船上[1]
十四岁夏天的孤旅

离别时海滨的白云呵
啊　那双无法忘记的眼睛

向日葵
母亲似的女人。

---

[1] 七尾、伏木：日本地名。

捉迷藏

回想起来的是
昔日的捉迷藏

等呵等呵
等不来鬼[1]

在寂静的库房
从窗棂往外瞄

后院的柿子树上
有一只鹡鸰。

1　鬼：指日本儿童捉迷藏游戏中找人的一方。

春 日

飘来飘去
不分昨天和今天
山顶上的
白云

摆来摆去
和从前一样
房间里的时钟
生锈的钟摆

来来往往
窗下是
花的节日
马车和行人

时起时驻
春天的阴翳里
母亲去世的房间
一阵微风。

帆　船

夏日的白帆船
真令人怀念呵

划水游向帆船
站在船舷上的

二十来岁的漂亮姐姐

送我大朵百合花

船儿消失在夕阳中
只剩下青色的漩涡

想起遥远的往日
那是谁的白帆船呵。

未知的世界

让儿童感到快乐的是前往未知世界的远征。
——［英］安德鲁·朗格

点心屋

在深山的幽谷里
有间漂亮的点心屋

门柱是饴糖棒
屋瓦是巧克力
墙壁是麦芽糖
铺路石是饼干

厚厚的黄色百叶门
是一按就掉渣的蛋糕
静静显示午时的是
金平糖的六角挂钟

不知这是谁的家
月夜里来到此处
能读出门扉上
两行模糊的字

"失去双亲的孩子
才能在这里留宿。"

魔 术

想表演这样的魔术

爸爸
妈妈
还有姐姐的舞鞋
昨夜收到的巴旦杏

炉灶上的黑猫
窗外的帆船
教堂的圆顶
还有停在上面的白鸽

全部放在一起
盖上蓝色的斗篷
掀开后是鲜红的玫瑰

好想表演这样的魔术。

小矮人的地狱[1]

"大地狱呀
小地狱"

宽阔的
田野中央
小矮人
低声哭泣

问他
为什么哭泣
说脚下的火
在燃烧

在那梯田的
正午时分
不见青烟的
蔚蓝天空

蹦跳的小矮人
将他抱起
看一看
他的脚底

---

1 这首童谣取材于日本的民间故事,收录在平安时代末期的《今昔物语集》里。

鲜红鲜红的
豌豆花
为何小矮人
依旧哭个不停

"大地狱呀
小地狱。"

巨大的草帽

巨大的帽子呵
麦秸编织的草帽
被波浪
冲上了岸

在那帽檐上
可以赛马
在那蝴蝶结上
能搭起帐篷

城里的老爷
率领着军队
翻越帽顶
花了七日

是谁戴过
又丢弃的帽子　扔进了大海里
巨大的帽子呵
麦秸编织的草帽

大象和芥子人偶 [1]

十八头
大象
十八个
芥子人偶

象背上
配金鞍
人偶
攥着红缰绳

唱着悠扬的歌儿
双手打着节拍
蹚过
春天的河滩

不知何时
蓝天
云起
降下大雨

大象
被淋得透湿

---
1 芥子人偶：日本传统的儿童节日时使用的小型人偶。

急忙
逃了回去

可怜的芥子人偶
跌落在沙中
找了七日
也寻不见踪影。

理发店小伙计的歌

今天也早早醒来
眼前的头发森林　乌黑又茂密
银亮的剃头刀　剃来又剃去
是谁喊了一声　剃头的小伙计

窥视密林深处
不知道什么时候　戴红头巾的小矮人
蹲在那儿独自发笑

绝不会放过你　无论你逃到哪里
在乌亮的头发树林
拿着银剃刀追赶
戴红头巾的小矮人　在树林里时隐时现

抬头一看镜子　小伙计惊呆了
停下手里的剃刀
客人已变成了光头。

白色的帆船

白色的帆船
轻轻飘荡着
驶入
远方的海港

白色的帆船
运载的货物是
糖果　布丁
和蛋糕

缤纷的
花点心
包银纸的
巧克力

帆船上
不见人影
无人岛的
合欢树下

红鹦鹉
直到今天
还在歪着脖子
眺望。

四个故事

玻璃山

玻璃山的峰顶
有一座黄金城堡

城堡的塔楼里
囚禁着一位公主

王子想救出公主
在山下四处徘徊

玻璃山陡峭光滑
马儿不断失蹄

爬上又滑下　攀爬了十九年
王子手中的剑　已经锈迹斑斑

在等待的煎熬中
公主离开了人世

王子也渐渐衰老
在山下的村里死去

城堡里公主的遗骸
变成了鲜红的蔷薇

山脚下王子的墓地
蓝色的龙胆花怒放。

九个黑人

从前有九个黑人
整齐地站成一排
　这是谁也不知道的海边故事

巨大的秃鹰
从海面飞来
　这是风平浪静时　清晨里的故事

巨大的秃鹰
抓住了黑人
　开始是四个人　然后是五个人

空中传来哭声
　九条红头巾
　留在沙滩上

那九个黑人
一起消失了
　谁也不知道　这个过去的故事。

雪夜里的故事

雪花缓缓飘落
夜晚的街道上
有对可怜的母子

"妈妈,我走不动了
饿得走不动了
哪怕有点面包渣
我好想吃东西呵"
小男孩说

"噢——噢—— 一定是很饿吧
想给你买吃的
可钱已经用光了　又没有地方落脚
至少等到天亮吧"
母亲流着泪说道

雪花缓缓飘落
月夜中
异国他乡的街道　夜色越来越深

母子俩相互依偎
裹着单薄的斗篷
进入了冰冷的梦乡

翌日的清晨　蔚蓝的天空下
道路上的积雪　正在慢慢融化
拾起地上的斗篷
街警仔细查看
有两株水仙花
正在静静开放

雪花缓缓飘落
与世长辞的母子
已经化作鲜花。

岛上的一天

背起来哟背起来
海盗们在海边
偷到了大口袋

好重哟好重
别摔倒快爬上那座
不为人知的椰树岛

天亮了哟天亮了
金币堆积的山上
石头和沙地　披上了夕阳的颜色

畅饮吧　歌唱吧
盛大的酒宴上
大胡子们都在跳舞

快醒来哟　快醒来
礁石的阴影里
鳄鱼大叔的白日梦

从那儿　出来啦
盛大的酒宴上
忽地冒出个大脑袋

快跑哟快跑

海盗们吓破了胆

和大口袋一起　扑通掉进了海里

升起来哟升起来

今夜的无人岛

椰子树的长影　在月光下起舞。

鸟儿的歌

自己飞来玩儿吧,失去父母的麻雀。
——[日]小林一茶

金丝雀

忘记歌儿的金丝雀　把它丢到后山吧
不行不行　不能那样做

忘记歌儿的金丝雀　把它给埋到后院的树丛下吧
不行不行　不能那样做

忘记歌儿的金丝雀　用柳鞭抽打它吧
不行不行　那样太可怜了

忘记歌儿的金丝雀　乘着银桨的象牙船
在月夜的海上漂荡时　想起了忘记的歌儿。

黄 昏

忘记歌儿的
金丝雀
被红绳一圈圈捆住
丢在了
沙滩上

可怜的金丝雀呵
妹妹流着眼泪说
我要给它解开

在那夕颜花色的
指尖上
海面的落日
即将逝去。

乌鸦的信

山里的乌鸦
衔来
红色的
小信封

打开信封一看
"月夜里
群山在燃烧
真可怕呀"

想要写封回信
醒来睁眼一看
只是
一枚红枫叶。

燕子叔叔

燕子叔叔
近来可好

我已经
十四岁了

姐姐
也已出嫁

你的白发
又多了吧

从去年的巢中
探出头

燕子叔叔
近来可好。

电线杆的帽子

电线杆
这样说道
"夏天已经到了
我也
戴上一顶
蓝色的帽子吧"

是什么样的帽子呢
抬头仔细一看
高高的
电线杆上
停着
一只燕子。

雪 夜

用红色的油漆
给鹦鹉涂上颜色
在下着雪的夜晚
它从窗口逃走

要逃到哪儿去呢
鲜红色的鹦鹉
在洁白的原野上
轻快地飞舞

山顶的
月色
鹦鹉疲惫不堪
进入了甜美的梦乡

近视眼的猎人
想靠近火苗取暖
连枪都忘记携带
径直飞奔而来。

摇摇晃晃的鸢

摇摇晃晃的鸢
摇摇晃晃
饿着肚子
摇摇晃晃

从山里
飞到城镇
失去父母的孩子
正在悲伤哭泣

失去父母的孩子
手里的炸豆腐
想要归想要
却没能抢到

忍着饥饿的鸢
摇摇晃晃
又飞回到山里
摇摇晃晃。

燕子和时钟

秋天到来
燕子呵
快回到
南方的故乡

归去的路途遥远
在去非洲的船上
享受着时光

酒馆的屋檐下
在空中翻飞
不时窥视时钟
燕子呵

云 雀

叽喳喳叽喳喳
云雀叫个不停

麦田的上空
飞舞的云雀

身影在何处
抬头观望

蓝色的天空
白昼现出月亮

叽喳喳的云雀
一直叫个不停。

归 燕

燕子归去了
燕子归去了
秋天来到了
要回南方了

燕子呵　请停一下
送给你一件礼物
在你的脖子上
系上蜡菊花

燕子呵回去吧
飞回南国去
展示红色的蜡菊花
去展示红色的蜡菊花。

鸟和人

白鸟
黑鸟
结伴飞
飞过清晨的街道
飞过晴朗的街道

取来工资条
看看少不少
排着队走过
中午的街道
跑电车的街道

白鸟
领取工资条
黑鸟
看看少不少
结伴一起往家走
走过黄昏的街道
走过日暮的街道。

动物的歌

村里的英雄

村里的大黑牛
在春天的黄昏死去
在长年栖身的牛棚
在干草上死去

为了它的寡妇主人
一直忠诚地工作
早晚身负重荷
忠义的大黑牛

寺院的钟虽未敲响
但花儿在空中飘散
村里温和的英雄
死在春天的黄昏。

象

好想要一头巨象

戴着深红的穗子
挂上黄金的脚蹬

前面坐着父亲
后面坐着母亲
我夹在中间

山川和湖泊
看上去像豆子
城市和村庄
看上去像芥子[1]

晴天放声歌唱
下雨就撑起伞
悠然乘象前行

好想要一头巨象。

---

1 芥子：比喻极小之意。

月亮和猫

爱美的三色猫
今晚
在外廊
照例洗着脸

三色猫的镜子
是天上的月亮
圆圆的
月亮

能照出脸吗
还是照不见
爱美的三色猫
正在外廊上
专注地
洗着脸。

羊 儿

羊儿　羊儿
白色的羊儿
温和的羊儿
在温暖的春日
一起吃着青草
走过草地的羊儿

呼唤羊儿的名字
便回转过头来
羊儿的眼睛和妈妈的眼睛
有一丝相像。

狗和云

昨天和今天
长毛狗呵
眺望着海岸
为什么吠叫

海的那边
洁白的
那只大狗
让你害怕吗?

别叫了呵
可爱的长毛狗
那是寂寞的
夏日白云

就算你不叫
不追着它跑
太阳下山后
它也会消失的。

虫儿的歌

喊着来呀来呀,萤火虫却飞走了。
——[日]上岛鬼贯[1]

---

[1] 上岛鬼贯(1661—1738):江户时代中期的俳谐师。

蝴 蝶

旅途中的商人
蝙蝠伞上
停着
一只蝴蝶

滨海小镇的
日光下
蝴蝶
合上黄翅膀
酣然
进入梦乡

商人
上了船
船去哪儿呵
船要去印度

红色的烟囱
笃笃地响起
左右皆是蔚蓝的海

椰子树荫下
月亮升起来了
在未知的国度

醒来的蝴蝶
心里会寂寞吧。

蟋蟀的歌

蟋蟀呵　蟋蟀
真寂寞呵
你的歌声
真寂寞呵

听着
你的歌
我仿佛看见
古旧的时钟
古旧的椅子
在旧台灯下
抱病纺纱的
女孩

也不知道
是哪里的女孩
也不知道
为何能看见

蟋蟀呵　蟋蟀
夜已经深了
你的歌声
真寂寞呵。

蝈 蝈

蝈蝈呵
蝈蝈
轻轻地捉住
悄悄地藏在
姐姐的红妆盒里
昨夜梦里的
蝈蝈

定在八点的
银闹钟
丁零零
铃响起时

打开红妆盒盖儿
红底白点的
包裹下
滑落出
蝈蝈变成的
翡翠梳子。

水边发生的事情

芒草的阴凉下
大红牛睡着了

三只小蚂蚁
悄悄商议道
"这挡在面前的
是城还是山?
绕路走
实在太远啦"

水边下雨了
大红牛快跑呵

三只小蚂蚁
悄悄商议道
"这消失不见的
是城还是山?
走直路
就近啦"

芒草的阴影下
映着晚霞夕阳。

蜗牛的歌

慢慢悠悠的蜗牛
从早到晚向上爬
在槲树上看见了什么

在第一根树枝上
看见了小牛　邻居家的小牛
趴在稻草上依偎在母亲怀中

在第二根树枝上
看见了小姑娘　对面家的小姑娘
在窗边织着手套

在第三根树枝上
看见了大海　还看见了白帆
点点的白帆

爬上第四根树枝
太阳终于落山了
今晚树叶的间隙
金币一样的月亮。

蟋 蟀

蟋蟀呵
蟋蟀
停在了
电话上

夜已经深了
和谁说说
心里话

秋夜里
蟋蟀
在电话上
哭泣。

蚂 蚁

蚂蚁呵蚂蚁
你很寂寞吗

道灌山[1]的
黑蚂蚁
趴在繁缕叶上
被带到
神田[2]的街上

蚂蚁呵蚂蚁
你很寂寞吗
找不到归路
你很寂寞吧。

---

1 道灌山：位于东京都荒川区日暮里的高丘。
2 神田：旧东京都的神田区。

春天的傍晚

假山的北侧
驶过火柴做的马车

嘿呦嘿呦
吃力拉着车的
是两只黑蠷螋

马车上打盹的
是尖头红脸的
和尚般的笔头菜。

歌

冬天早晨的歌

孩子们呵　集合去哪儿呵
手持白色的蜡烛
为何偏要在今天这个下雪的日子
清晨山涧的木桥
雾不散去的话　该有多危险呵

妈妈　我们出发啦
点上白色的蜡烛
去山谷的最深处
为雪中挨冻的小鸟
温暖它们的巢。

小 路

——这是哪儿的小路呵
——是爸爸头上的小路

——让我从这儿过去吧
——不让闲杂人员通过

——我要让玩具车跑过去
——从哪儿跑到哪儿
——从眉毛跑到发旋儿

——不让过不让过
　　去时还好说 回程真可怕
　　午睡的爸爸 睁开了眼睛。

海山小调

右脚高齿木屐
左脚穿着草鞋
嘎嗒嗒　沙啦啦
走在街道上

右侧的山上
芒草在招手
左侧的海岸
海鸥在呼唤

该去哪边呢
不成双的鞋屐
无法走远路
太阳也落山了。

黄昏的歌

豆虫爬呀爬
葫芦圆滚滚

太阳爬呀爬
爬向西边的大山

月亮圆滚滚
在春天的空中圆滚滚

婴儿车嘎啦嘎啦
是回家的时候了嘎啦嘎啦

宝宝睁着大眼睛
还是睁着大眼睛。

花和草木

蔷 薇

遗忘在船上的
蔷薇
被谁拾起来了

船中
留下了
一位盲人
一位铁匠
和一只鹦鹉

是谁
拾起了
船上的红玫瑰

只有蓝天
看到了
是那位盲人。

硕大的百合

"不去湖水的深处
采不到硕大的百合"
山脚下的樵夫说

"不去高山的顶峰
采不到硕大的百合"
湖边的船夫说

来到了山顶上
松鸦这样说道
"不飞上蓝天
采不到硕大的百合。"

脚 掌

红色的美人蕉
花影里
探出了
脚掌

不知
是谁的脚掌
白色的　小脚丫
五个脚指头

早晨来看看　中午来看看
晚上也来看看
像母亲的脚掌

轻轻摸一下
消失不见了
只剩下一株
红色的美人蕉。

蒲公英

飘呀　飘呀
飞在空中
春天的原野
白色的烟雾

小矮人的村庄
迎来了黄昏
是否已经到了
做晚饭的时间

红色的
小烟囱
藏在草丛里
月亮很遥远

飘呀　飘呀
蒲公英的
白茸毛
飞向远方。

樱 花

欺负人的小霸王
家里的樱花开了

小霸王太顽皮
樱花看见了

日暮时分路过
白色樱花盛开

小霸王在家里
唱起了歌儿

日暮时分的庭院
樱花已经凋落。

扁桃的梦

园丁
在赏花
白色的扁桃花
园丁在赏花

园丁
在午睡
和煦的春日里
园丁在午睡

园丁
在做梦
白色的
扁桃花海
用铁锹划船前行
园丁在做梦。

向日葵

帽子店的橱窗
摆放着草帽
像环状摆放的
黄色的向日葵

向日葵凋落了
十个小孩子
个个戴上草帽
去向大海高山。

大葱花开

孤独的旅人
在下田[1]的路中央
独自哭泣着走过

为何哭着走过
翻过了高山　越过了大海
终于回到了故乡
说是能见到寺院的宝珠柱

手持斗笠赶路
见田里大葱花开
心中感到悲伤　独自哭泣着走过

1　下田：日本地名。

落 叶

落叶呀落下来
感到冷了吧
把你拾起放在
我的袖兜里吧

在阳光化霜前
就把你留在
我的袖兜里吧。

孩子们的生活

我想起少年的日子
是如何飞逝而去的
那十二月的欢愉
那五月的温暖
　　——布莱德

山丘上

山丘上的洼地真令人愉快
白云飘过天空
只有我在沉睡

我总是在幻想
能有把气枪　能有台相机
还有各式玩具
想起死去的佩西
想起出嫁的姐姐
她那温柔的眼睛

就这样独自沉睡
就这样胡思乱想
躺在草丛中不会被谁叱责

云朵　来来往往
直到夕阳西下　月亮爬上天空
山丘上的洼地真令人愉快。

骨 牌

金色的灯
亮着
不知是谁
洗着骨牌

春季的深夜
河边的小路
从旅馆的窗户
向外面探望

只有一个人的
指尖
只有一个人的
孤独

不知是谁
洗着骨牌
外面
下着小雨。

取 药

鸟儿呀鸟儿
在深林的巢里
乖乖地睡吧

月亮呀月亮
即使是寂寞
也独自旅行在遥远的天空

因为我是哥哥
所以被派往取药
在漫长的夜路上。

扔掉草鞋
——孩子们远足时的歌

草鞋哟　草鞋
再见吧草鞋

鲜红的夕阳下
刚走上乡间小路
草鞋就断了
只好把它扔掉

草鞋哟　草鞋
再见吧草鞋

都城里长大的你
今夜在梦里
会感到寂寞吧

那双旧草鞋哟
再见啦草鞋。

残落的烟花

水边的孩子们
升起
又消失的烟花
真寂寞呵

今年的夏天
也就此结束
明天乘火车
就要回去啦

沙滩上
黑色的海鸦
拂过茶屋苇帘的
秋风

阵雨间的晴空
升起
又残落的烟花
真寂寞呵。

伤 口

擦呀　擦呀
血还是渗出来
哭呀　哭呀
还是觉得疼
独自受伤的
无名指

其他的手指
也都脸色苍白
担心地
望着它。

歇业的玩具店

歇业啦
歇业啦
玩具店歇业啦

店里的玻璃窗
贝壳一样
合上了

木马
和人偶
看上去很寂寞

和妹妹一起
来过两次
又不得不回去

春天
乡间的
玩具店。

葫芦花

在去年玩耍的沙丘
想起一同玩耍的孩子

离去的我在船上
送别的孩子在沙丘

直到船影消失
不断挥舞着白帽

今天来到沙丘
只有寂寞的涛声

那么坚定的誓约
难道忘记了吗　还是已经死去

不经意地眺望礁石的阴影下
似乎有白帽呼唤

跑下去一看
葫芦花默默开放。

电　影

电影中的妈妈
身患重病死去

可爱的汤姆
在伦敦街头卖报

汤姆的爸爸是坏蛋
从火车的车窗逃走

电影落下帷幕
出来是宁静的乡村

我右边是爸爸
我左边是妈妈

快回去休息吧
月夜下的大雁正这样鸣叫。

走马灯

在白天的风里
旋转着
走马灯
真寂寞呵

爸爸
在午睡
妈妈
也在午睡

红色的
凌霄花
在蓝天下
摇动

白天的外廊下
旋转着
走马灯
真寂寞呵。

山大王[1]

只有我
是山大王
后来的那些家伙
统统都推下去

推倒　摔下去
继续爬上来
红色的夕阳
笼罩着土丘

有四个孩子
在草地上
玩累了
先后分手离去

游戏中的山大王
只剩下了月亮
后来的那些家伙
只剩下了夜色。

---

[1] 山大王：日本儿童游戏，类似中国的占山头。

坡　道

一旦开始奔跑　就不要停下
一口气跑到底

红色夕阳下的坡道
咚咚　奔跑不要停
一口气跑到底

柳叶抚摸头顶
前面走过来的是卖豆腐的人
生锈的喇叭发出哀伤的声音

从后面追上来的是店里的小伙计
自行车的把手　有点危险哦
你背上的行李
一定很重吧

工厂的汽笛声停止了鸣响
几只乌鸦飞过
要喊妈妈吗　还是不要喊？
红色夕阳下的坡道
一旦开始奔跑　就不要停下　一口气跑到底。

玩具船

雪花飘落的夜晚
靠在
母亲膝上
想起了往事——

挂红帆的
玩具船
遗忘在
夏天的河滩
如今
漂向了哪里。

我的家人

妈妈的眼睛

看着妈妈的眼睛
便会想起池塘

周围生长着小树
在清澈的池水中央
有一座黑色的小岛
哪天能划着船儿
去小岛那里转转

那么平静的水底
会有什么样的鱼儿
小岛那么可爱的树上
什么样的鸟儿在歌唱

看着妈妈的眼睛
便会想起池塘。

络腮胡子

爸爸的脸颊
是海边的沙滩吗
也没有波浪拍岸
为什么粗粗拉拉

爸爸的脸颊
难道是细竹丛吗
也没有风儿吹过
为什么扎扎拉拉。

祖母和鹳

那是个寒冷的冬夜
远远地传来
北风的呼啸

奶奶坐在被炉[1]里
身影映在拉门上
细长的脖子
衣摆四下展开
真像是一只鹳

那是五年前的事情
梅花绽放的时候
奶奶离开了人世

今夜北风又在呼啸
独自坐在被炉里
深深地怀念往事

那令人怀念的　祖母的灵魂
仿佛变成了白鹳
在今夜的寒风里　在黑暗的天空中
向着远方飞翔
永远在飞翔。

1　被炉：蒙上被的取暖炉，可以把腿伸到被里。

雨 夜

雨夜里我和母亲
共撑一把雨伞
走过　明亮热闹的街道

一向冷清的道口
长毛狗出没的胡同
为何今夜让人恐惧

雨声　更大些吧
共撑一把雨伞
紧贴母亲而行
令人开心的夜晚　令人欢喜的夜晚。

捶 肩

妈妈　让我给您捶捶肩吧
咚咚咚咚咚

妈妈　您有白发啦
咚咚咚咚咚

外廊的阳光好灿烂
咚咚咚咚咚

红罂粟花在微笑
咚咚咚咚咚

妈妈　真有那么舒服吗
咚咚咚咚咚。

在海边

扔块大石头
扔块小石头
快扩散开
波纹　快扩散开

让波纹远远扩散
扩散到夏威夷海岸
那里有寂寞的哥哥
去打湿他的鞋尖。

姐 姐

今天来的姐姐　真是个好姐姐
皮肤白　个子高
姐姐说我真可爱
把我抱起来

今天来的姐姐　真是个好姐姐
下雨天还背着我
擦香粉　打雨伞
被差使到城里去

今天来的姐姐　真是个好姐姐
在城里的僻静处
从衣袖中取出信
哭着放进了邮筒

信里写的内容
是告知乡下的母亲
自己工作顺利吧。

陌生的人们

邻 居

妈妈妈妈
邻居什么时候来

已经建好了大门
已经建好了围墙
红罂粟也正盛开

妈妈妈妈
邻居什么时候搬来

漫长的等待
每日不变的晴空
院子里的罂粟也即将散落了

妈妈妈妈
邻居家的孩子
究竟是什么样。

泪 痣

那个孩子的痣
是一颗泪痣

去小酒馆的路上
三只燕子在呢喃

今夜的月色
好蓝呵。

船夫的孩子

从桥上
望向河面
看见船夫的孩子
皮肤黝黑

中午在舢板舷上
翻着跟头说
"姐姐　姐姐
给我一束花吧"

乳母给的葵花
送你虽然心疼

还是经不住恳求
把花扔给孩子
可惜没有瞄准
葵花落进水中

孩子吐吐舌头
翻着跟头说
"姐姐　姐姐
再给我一束花吧。"

牧场的姑娘

牧场的牛
有五十三头

牧场的栅栏
有四十三条

牧场的百合
今早看见了七朵

牧场的姑娘
只有她一个

可她的脸上
有三颗黑痣。

红猎装

穿红猎装的王子
笑眯眯地说　今天风和日丽
说着又扛起猎枪

想展示华丽的猎装
想扣响威武的猎枪

可进山看不见人影
进城又寻不到鸟踪

正在打主意的时候
清晨下起了阵雨

王子垂头丧气
只好背枪回去
穿红猎装的王子。

爬树的太右卫门

哎呀太右卫门
爬上无花果的枝头
太阳就要落山了

哎呀太右卫门　是个武士
在寺院外廊午睡
乌鸦都飞来骚扰他

从大山里　从草丛里　从田野里飞来
他一只也捉不到
发髻的头绳也断了　一副沮丧的模样

哎呀太右卫门
摇动无花果的枝头
月亮出现了。

天和地

月亮姐姐

月亮姐姐
是一个人吧
我也是
独自一人

月亮姐姐
在天上
我在街树下的
草坪上

月亮姐姐
多大了
我已经七岁啦
是没有父母的孩子

月亮姐姐
回去了
我也
该去睡觉了

月亮姐姐
再见
明天夜里
再见。

夏 雨

夏天里的雨
真是讨厌的雨
投下
银色的火箸
砸坏了
我的花坛

夏天里的雨
真是狡猾的雨
撒下
白色的天蚕丝
钓起
池塘的红鲤鱼。

雪的信笺

沙啦沙啦沙啦
不断地卷起来
长长的
雪的信笺

隔着深夜的
玻璃窗
卷起了甜菜地
卷起了山上的树木

星星也藏起身来
卷起白色的家园

是寄给谁的信呵
长长的
雪的信笺。

焰 火

焰火呵焰火

看见你盛开在
荒野般
寂寥的天空

花瓣漫天飞舞
花蕊点点散落
转瞬无影无踪

焰火呵焰火

你是庭院里
昨日的罂粟花吗。

白昼的月亮

白昼里的月亮
像纯白色的球
用红色的木屐
踢呀踢
踢到空中

飞起来　又弹回来
越过高山和原野
越过无边的大海
飞向深邃的蓝天

白色的月亮
夜晚来临前也不会落下
用红色的木屐
踢呀踢
踢着玩儿。

星星和草莓

红草莓
不结果
草莓田
好寂寞

这里　那里
找呀找
只有绿色的叶子
在风中低吟

看不到红草莓
夏天的黄昏
也令人欢喜

和弟弟一起
仰望夜空
数着
清冷的星星。

河边的黄昏

晚潮里
河边上的木桩
时隐时现

芦苇摇曳
沙滩上的螃蟹
时隐时现

独自旅行的月亮
在云间
时隐时现

等待孩子的母亲
在茅草屋门口
时隐时现。

书 写

在天空上书写
今夜是满分
月亮
又大又圆

在天空上书写
今夜是零分
雁阵倾斜着
打了一个叉。

秋 风

秋风令人快乐
倾听秋风的声音
好像父亲的声音
好像母亲的声音

秋风远远越过
目光尽处的山野
越过故乡的大海
燕子般归来的秋风

倾听着你的声音
遥远　遥远而怀念
那是父亲的声音
那是母亲的声音。

小水洼

小水洼　小水洼
草丛里的小水洼
黄昏时倒映出大雁了吧
倒映出归去的大雁了吧

今夜倒映着星星
倒映着晃动的星光

黄昏时的小水洼
草丛里的小水洼。

阵 雨

阵雨里的小矮人
快点落下来吧
手持金色油灯
迈着整齐的步伐
在夜深人静的时候
落到我的屋檐上吧

阵雨里的小矮人
快来悄悄察看
熄灭金色油灯
透过窗户玻璃
看我和母亲
在安睡。

稻草人和大海

稻草人
稻草人
田里的稻草人

在山里出生
在山里死去
想去看大海吧

稻草人
稻草人
田里的稻草人

昨晚扛着你
去到大海边
把你立在沙滩上

半夜里
海浪袭来
稻草人真可怜呵
连影子都找不到了。

玩具、道具、食物

我们永远是儿童，而且不断索求新的玩具。

——[法]阿纳托尔·法朗士

蜡人偶

蜡人偶在暖炉上
睡得正香甜
屋外风雪肆虐

夜深了　小主人心想
夜里的蜡人偶会感到寒冷吧
给蜡人偶穿上厚厚的红绒衣
又放在了暖炉上

蜡人偶做着美梦
不知到了天明
自己将会融化
没有了踪影

暖炉的火如花朵
屋外风雪肆虐。

铅锡玩具兵

铅锡玩具兵
遭到丢弃
今天已经第三天
待在水沟里

即使折断了脚
还是想念老巢
先前栖身的
那个玩具箱

长毛狗狂吠
慢慢凑过来
嗅嗅又走开

铅锡玩具兵
挂满泪珠的脸庞
落上冰冷的雨滴。

童 椅

春日
暖洋洋
椅子店的
童椅
从大到小摆放

什么样的孩子买
什么样的孩子坐
在椅子上晃动双脚

刚涂漆的椅子
落着一只蝴蝶
椅子店铺里
春日
暖洋洋。

旧银币

漫长的秋夜里
在烛光下
凝视古老的银币
　　唎唎唎唎唎　虫儿在鸣叫

面孔严肃的老人
是何时的波斯国王
　　留着威严的胡须

是谁带着它
越过大海高山
来到了日本
银币上的黑垢
　　也令人怀旧

漫长的秋夜里
摇曳的烛光
映照异国的
旧银币
　　远方虫儿在鸣叫。

梦中的人偶

人偶呵人偶
昨夜梦中的人偶
把脚扭伤了
手也折断了
无人的泥路上
哭泣着的
人偶

想起七天前
给了缠人的表妹
不再属于我的人偶

多讨人喜欢呵
忘不了
从前的夜晚
抱着人偶入睡

挥不去
昨夜的梦
睁开眼感到寂寞
人偶呵。

孤独的旅人

穿上黑裤和鞋子
天天都在旅途
时钟的指针　也很寂寞吧

一点时在山上　山上有一棵树
两点时在林中　林中有两棵树
三点时在峡谷　峡谷有三棵树

四棵五棵的时候
虽然是在背阴处
原野上开满白花

约好和谁相见
天天不倦地旅行
时钟的指针　也很寂寞吧。

父子指针

时钟的指针
像父亲和儿子

在前面走着的
是爸爸
又黑又高的
爸爸

在身后蹒跚
紧紧跟随着的
是迈着沉重脚步的
儿子

今天仍是如此
天空飘着雪花
各自踏上旅程
像父子的指针
都很寂寞吧。

人偶的脚

妈妈　妈妈
草地上
有人偶的脚

红裤子配长筒靴
可爱的骑兵单脚
脱落掉到了地上

宁静的夏日
黎明时分
是谁在这里打仗

妈妈　妈妈
碧绿的草地上
有只人偶的脚。

铅笔芯

铅笔芯
变细吧
削呵削
变细吧

比新月
还要细
比芦穗
还要细
比燕子的腿
还要细
比裤子的条纹
还要细

比清晨的雨丝
更细
比豌豆蔓儿
更细
比蝈蝈触须
更细
像消散的
香炉烟雾

铅笔芯
变细吧
削呵削
变细吧。

雨雪交加的夜晚

雨雪交加的夜晚
拿起扑克寻不见
画着可爱士兵的 J 牌

红帽子
配短剑
藏到哪里去了

雨雪交加的夜晚
伤心地思念
可爱的 J 牌独自在旅行。

明信片

每当站在邮筒前
我都想变成明信片

如此单薄苍白
柔弱的身躯

背负着妈妈的字
  独自越过高山大海

  去到遥远的美国
  与思念的父亲相见

  这样的想法让人变得坚强
  我想变成明信片。

麦秸的草帽

麦秸的草帽,麦秸的草帽
黄色的新草帽
昨天遗忘的草帽

寻遍了整个沙丘
在背阴处环视
察看每一个角落
寻找失落的黄色草帽

正在焦虑的时候
突然心花怒放
浑然间捕到了
蒲公英的花朵——麦秸的草帽。

漂走的椅子

海边的
旧椅子
损坏了的椅子

是谁
曾经
坐在上面

月夜下
海边
只有风儿在吹

时不时
海鸥
在此停留。

钟表店的时钟

叮当叮叮当

柳树的阴影里
钟表店的时钟

有圆的和长的
椭圆　和六角的
黑的　和白的
绿的　和栗色的

形状各式各样
颜色也不相同

听到正午的号炮
便一起鸣响

叮当叮叮当。

丢失的铅笔

后院的
朴树上
乌鸦呵
见过我的铅笔吗

昨天
弄丢了
哪里也找不到
见过我的铅笔吗

有银色的王冠
还有红色的璎珞
长着王子般的面孔
那支可爱的铅笔　见过吗?

大球和小球

大球　小球
玩具店的货架上
摆着一排
橡胶球

无论何时去看
总是井然有序
按个头大小排列
父母球　宝宝球

今天过来一看
第三个不见踪影
是谁买走了它
我中意的橡胶球。

哥俩好

哥俩好哥俩好
早上的面包
胖胖的兄弟
一斤两斤重
紧贴在一起
不切不分离
哥俩亲亲密密

一家好一家好
豌豆
在豆荚里
父子一家五口
整整齐齐排列
不吃不分离
大家亲亲密密。

盘子的庆典

盘子的中央
庆典
正在举行

金枪鱼寿司
穿着
红背心

青花鱼寿司
穿着
蓝西装

海苔卷
绑着
比赛时的头巾

山葵的花车
拉着
向前走

盘子的中央
庆典
真热闹呵。

点心火车

咣当咣当　咣咣当
点心火车启动啦
锅炉是豆馅酥饼
黑铁道是棒棒糖

咣当咣当　咣咣当
点心火车加速啦
长烟囱是糖卷
车厢是巧克力

咣当咣当　咣咣当
点心火车鸣笛啦
鱼贯而入的隧道
是张大的狗嘴。

谜语

谜 语（一）

黑色的是
中午葡萄的叶子
白色的是
月夜里的芦花

葡萄树下
睡着松鼠
芦花下
住着野鸭

拍拍叶子
松鼠的低吟
摇晃芦花
月夜的鸭鸣。

（谜底：钢琴）

谜 语（二）

早上看见的时候
是只黑色的乌鸦
收起了翅膀
仿佛感到寒冷
埋在灰里
不吭声

中午看见的时候
是只红色的乌鸦
不知何时
穿上了红袈裟
神情庄重
在念佛

夜晚找到的时候
是只白色的乌鸦
白发苍苍
老态龙钟
最终瘫倒
只剩灰烬。

（谜底：火盆里的炭）

温柔的歌

像四岁的小孩那样聪慧。
——［爱尔兰］威廉·巴特勒·叶芝

灰 尘

眼里进了灰尘
揉也揉不出来

走近屋后的围墙
邻家的叔叔说道
"你被爸爸训了吧"

来到屋前的街上
对门的姐姐说道
"哪个孩子欺负你了"

没人知道眼里的灰尘
怎么也揉不出来。

来呵快来呵

来呵快来呵
邻居的孩子
大声招呼着

屋后的狗儿
急匆匆跑来
孩子还在喊
来呵快来呵

外廊的三色猫
急忙跳下来
孩子还在喊
来呵快来呵

我问邻家的孩子
到底在喊什么
他说在呼唤新年。

帽 子

买了一顶大帽子
自己戴上很空荡

爸爸　妈妈　请进来
大家戴上还很空

没家的人都来吧
一起戴上还是空

大象鹦鹉和企鹅
大家都快进来吧
到春天的城镇去
一起快乐地转转。

归 途

门前的路上
有个小霸王
屋后的空地
有条长毛狗

夕阳西下时
我独自一人
该怎么
才能回家

正犯愁的时候
小霸王的母亲
把他
叫回了家

长毛狗
也去追赶
戴红项圈的
三色猫
哎呀哎呀
放心啦
快快回家吧
快快回家。

白天发生的事情

狗儿
慌张逃走
猫儿
急忙隐身
绣眼鸟
也不再歌唱

寂静的午间
发生了什么事情
是吵架
还是火灾

不是不是
是一辆汽车
呼啸着
驶过门前。

写 信

落雪纷纷的夜晚
大家一起写信

妈妈写给外婆
乡下健康的外婆

哥哥写给朋友
"后天一起玩牌吧"

我写给老师
"恭贺新年快乐"

屋里充满温暖
大家心里也温暖

落雪纷纷的夜晚
在被炉上写信。

译谣集

孩子和老鼠
[英]劳伦斯·阿尔玛-塔德玛[1]

花园里的花儿很高兴
因为那里有蜜蜂飞舞
天空的云朵很高兴
因为天使总在那里
虽然　家住在都城
孩子和老鼠都寂寞。

1　劳伦斯·阿尔玛-塔德玛（Lawrence Alma-Tadema, 1836—1912）：英国维多利亚时代的知名画家，他的作品以华丽描绘古代世界（中世纪前）而闻名。

在花园里
[英] 劳伦斯·阿尔玛-塔德玛

鸫鸟的巢倾落了
从墙壁的爬山虎上倾落
淡绿色的鸟蛋滚下
落到地上摔破了

黄昏时传来歌声
"哭泣也没用呵"
我们停止了哭泣
鸫鸟会继续筑巢。

云雀和金鱼
[英]劳伦斯·阿尔玛–塔德玛

云雀呵　高飞的云雀
你永远飞不倦吗
飞到寂寞的天空时
不觉得云层令人惊叹吗
你偶尔不想成为
海里沉默的金鱼吗

金鱼呵　潜入深海的金鱼
你不会觉得悲伤吗
在冰冷的波涛里
你的心会欢喜吗
你有时会想有双翅膀吗
你不想变成一只云雀在天空歌唱吗。

如果谁也不娶我

[英]劳伦斯·阿尔玛-塔德玛

如果谁也不娶我
——或许真会这样
阿婆说我不标致
而且又不乖巧

如果谁也不娶我
——那样也没什么
我去买装进笼里的松鼠
还有小小的兔子窝

我在森林旁盖房子
牵着属于我的小马
我就可以去到城里
再养只漂亮温驯的小羊

如果,我真正长大成人
——长到二十八九岁——

我再去买个小女孩　孤苦伶仃的小女孩
当作自己的孩子养大。

行军歌

[英]罗伯特·路易斯·史蒂文森[1]

拿起梳子弹奏
快快向前进
艾里歪戴着帽子
乔尼敲着大鼓

玛丽·金是指挥官
彼得在队尾殿后
齐步走别大意
大家都是近卫军

军纪严明走得快
行进中高举旗杆
抹布的旗帜
迎风飞扬

名誉和战利品无数
指挥官金大获成功
在村子里绕了一圈
就各自回家去吧。

---

[1] 罗伯特·路易斯·史蒂文森(Robert Louis Stevenson, 1850—1894):苏格兰小说家、诗人与旅游作家,也是英国的新浪漫主义文学代表之一。

歌

[英]罗伯特·路易斯·史蒂文森

小鸟在歌唱带斑点的鸟蛋
小鸟在歌唱隐在林间的鸟巢

水手在歌唱船上的渔网
水手在歌唱各种航海用具

日本儿童在远方歌唱
西班牙儿童也在歌唱
人们弹起风琴
在细雨中歌唱。

床铺的小船
[英]罗伯特·路易斯·史蒂文森

我的床铺是小船
阿婆是出航的帮手
帮我穿上水手服
向黑暗里漂流

说上一句"晚安"
问候起航的船
就那样紧闭双眼
什么也听不见　什么也看不见

真是合格的水手
拿到床铺上的物品
有时是一块点心
有时是两三个玩具

整夜都在巡航
到了明亮的清晨
屋里熟悉的栈桥
床铺的小船安稳停靠。

人 偶

[英]克里斯蒂娜·罗塞蒂[1]

钟声同时响起

鸟儿也一起歌唱

坐在损坏的人偶旁

莫莉正在哭泣

噢　小傻瓜莫莉

坐在损坏的人偶旁

伤心抽泣的时候

钟声同时响起

鸟儿也一起歌唱。

---

[1] 克里斯蒂娜·罗塞蒂（Christina Georgina Rossetti, 1830—1894）：英国维多利亚时代的诗人，代表作《小妖精集市》。

风

[英]克里斯蒂娜·罗塞蒂

谁能看见风
我和你都看不见
可是树叶颤动
就能知道风吹过

谁能看见风
我和你都看不见
可是树低下了头
就能知道风吹过。

樱 桃

[英]克里斯蒂娜·罗塞蒂

妈妈摇晃樱桃树
苏珊接落下的樱桃
此刻多么奇妙
此刻多么快乐

一颗给哥哥　一颗给姐姐
剩下两颗给妈妈
约好给爸爸六颗
顾不上擦汗　急忙去敲门

骑马的人
[英]沃尔特·德·拉·梅尔[1]

听见骑马的人

越过山丘的声音

寒冷的月光

沉静的夜晚

银色的头盔

铁青的面孔

骑着的是

象牙色的马。

---

[1] 沃尔特·德·拉·梅尔(Walter de la Mare，1873—1956)：英国诗人、短篇小说家，后期浪漫主义诗人的杰出代表。

猪和烧炭人

[英]沃尔特·德·拉·梅尔

唤来大猪小猪
"森林里有很多蘑菇
橡子满地打转
跟在我身后
快快跟过来"

烧炭人在树荫下
用拇指拄着下巴
望着大猪小猪
慢吞吞走向森林

烧炭人在绿树枝下
大猪小猪哼哼叫
窸窸窣窣
嗅地面

大猪小猪吃胀肚子
一起走出了森林　在星空下
烧炭人双手捧着面颊
凝视幽暗的火光。

风铃草

[英] 沃尔特·德·拉·梅尔

风铃草在有风的地方
仙子们围成圈跳舞
小小的红鹣鸟
在旁边歌唱

有樱草和露珠的地方
仙子们都奔向那里
此后草地闪闪发光
只有红鹣鸟在歌唱。

老 兵

[英]沃尔特·德·拉·梅尔

老兵走过来了
说给点面包皮
因为战争而消瘦
一定是这样　四处去打仗
呋啰哆啰嘀啰[1]

突着的大鼻子　凹陷的脸颊
下巴上有撮胡子
火药和炮弹　伤口和大鼓
一起进攻老兵
呋啰哆啰嘀啰

现在正是五月　是快乐的春天
到处鲜花盛开
吃过面包后
老兵开始歌唱　往日青春的歌
呋啰哆啰嘀啰。

1　原文为"Fol rol dol rol di do",英语诗歌中常用的拟声词。

猎 人

[英]沃尔特·德·拉·梅尔

三个绅士笑呵呵
身穿红上衣
骑着马
来到我家

三个绅士笑呵呵
鼾声直到天明
马儿吃的是
黄金的麦子

三个绅士笑呵呵
天亮下楼去
楼梯咚咚响
不知去了哪里。

中国的摇篮曲

小老鼠,上烛台
爬到顶,吃灯芯
爬上去,下不来
急得老鼠哭起来
哭得满街都听见
妈妈呀,妈妈呀。

黄 昏

塞·卡尔塞莱[1]

孩子呵　天就要黑了
家的周围已经暗下来了
如果月亮出来了
孩子要乖乖睡觉

孩子呵　羊儿回来了
鸣叫着回到草棚
闭上蓝色的眼睛
孩子要安静入睡

孩子呵　梦里看见的是
岸边的雁来红
可爱的鸟儿在枝头歌唱
孩子要在梦中入睡

孩子呵　别害怕　安心睡觉
做噩梦的时候
念着保佑你的神灵
孩子要祈祷着入睡。

1　作者生平不详。

后 记

本集几乎收录了至今为止我写的全部童谣。

童谣写作有两个必要条件：其一是要有诗的芬芳，另一个是要适合儿童朗诵。

童谣写作有时比通常的诗歌写作还困难，因为必须具备这两个条件。天平的一端发生倾斜时，就会完全失去艺术的芬芳，或者因无法引起儿童的关注而告终。

大正七年（1918）以来，我始终坚持在这个宗旨下创作童谣。不过一想到那些成果就感到惭愧。

以下是在本集编辑时，围绕所收录的童谣而引发的感想，应该称作备忘或者小题解。如果会给读者带来一些兴趣或者参考，将不胜荣幸。

另外，关于我的童谣观请参阅同社（新潮社）发行的《童谣的创作方法》一书。本集目录中加＊符号的童谣，已经被山田耕作、弘田龙太郎、本居长世、成田为三、草川信、中山晋平、大和田爱罗、寺崎浩等人谱曲。

思慕与追忆

在《笔头菜》中，歌唱春天在我心中苏醒以及对往昔的追忆。时间和场所不确定，难以释怀的奇异记忆中现实经验和前世的事情融合在一起。我觉得并不限于我一个会有这样的感动。

《带篷的马车》用象征的手法唱出随着岁月的推移被无声地埋葬的人间的希望和承诺。

《山里的母亲》是我幼年在床上经常出现的梦境。睁开眼时好像身旁的母亲不是生母，经常会有真正生我的母亲躲在一个遥远的地方的奇怪感觉。直到成人后，思念这位看不见的母亲的哀伤之情还日夜在胸中燃烧。这首童谣既是我的追忆诗，同时也是对宏大的宇宙母亲的思索，也象征着眼下我在怀疑的歧路上彷徨寂寞的精神生活。

《老码头》描写了年幼者对疲惫的成人世界的厌恶心情。

未知的世界

《点心屋》坚信在这个世界上不管遇见多么凛冽的寒风，在某处一定会有看不见的手建造温暖的爱的家园送给可怜的孤儿们。这是慰藉命运孤苦的孩子们的歌。

《魔术》歌唱儿童自由飞翔的梦想。《白色的帆船》也同样。

《巨大的草帽》像蚂蚁、螳螂、鸽子、猎人等的寓言一样，我们不该忘记身后有更大的生物在窥视。这是那个世界的信息之一。

鸟儿的歌

关于写《金丝雀》时的心情,在《诗歌的鉴赏方法》一书中有详细描述。这首童谣一般被解释为爱护动物的歌,其实隐含了过去某一时期我的苦闷的身影。"忘记歌儿的金丝雀"说的是背离诗歌加入商贾群中,在满是尘埃的街巷里争夺锱铢之利的那个浅薄的我。对这只愚钝小鸟的鞭挞,还有温和劝阻的母子对话,其实是从我自己内心深处传出的自怨自责的声音。即使是今天,当我走在小巷中,听到可爱的孩子们唱着这首童谣时,追想当年孤独寂寞的生活,总禁不住流下热泪。另外,《黄昏》也是那个时期在同样的心情下写成的。

《摇摇晃晃的鸢》咏唱的是禽类与人类之间的美好互爱。

花和草木

《蔷薇》是我最初寄给《赤鸟》杂志的童谣。通过遗忘在船上的红蔷薇花,暗示"真理"。

《硕大的百合》象征我的不断出现在远方的理想。

《脚掌》是以泛神论的观念为基础,暗示这个宇宙的山川草木无一不是神的象征。从红色的美人蕉的花影处隐约看到母亲白色脚掌般的叶子,那一片草叶显现了神的部分存在。

孩子们的生活

《山大王》所唱的不仅仅是黄昏时分孩子们散去后的寂静原野,还暗示了人类虚妄的争斗终结之后,大自然的静谧将统摄这个世界。关于《玩具船》这首童谣,我曾经在别的地方这样写道:"只有孩子们才会在完全意想不到的时候突然想起什么。簌簌洒落的细雪,扑打窗户的寂静冬夜,坐在母亲膝头的儿童突然想起,在已经消逝的夏日里,遗忘在河滩上的红帆玩具船。接着,他会浮想联翩地幻想,那只船漂啊漂啊,在堤坝下停下来,也许困在了浓绿的芦苇丛中,残破不堪,半沉半浮。这种儿时偶然的记忆,不仅在少年时代,即使在已为人父的今天,也不时会浮现在我们的心里。由此,繁劳之身得以片刻与甘美的梦想牵连。"

我的家人

《捶肩》是我个人难以忘怀的回忆。大正十二年(1923)的秋天,仅仅四岁的女儿慧子离世到温暖的乐园。我为《幼年之友》写了这首童谣,并获得读者喜爱。不断听到人们咏唱:"妈妈／让我给您捶捶肩吧／咚咚咚咚咚。"听到这首童谣,我的眼前就会浮现出她皲裂的红脸颊和聪慧的眼睛。

天和地

《白昼的月亮》也是歌唱幼童漫无边际、自由自在的幻想。

玩具、道具、食物

《人偶的脚》是纪念尼古拉斯耶夫斯克事件[1]虐杀一周年写的。我当时居住在郊外池袋,那天在一块空地的青草上看见落着人偶的一只脚,不由自主地联想起那个无法挽回的惨剧。

译谣集

《孩子和老鼠》的作者是英国著名女诗人劳伦斯·阿尔玛-塔德玛,著有诗集 *Realms of Unknown Kings*(《未名王国的领土》)。她的童谣特点是擅长歌唱孩子们小小的烦恼和哀愁。

《行军歌》的作者是无人不晓的英国诗人罗伯特·路易斯·史蒂文森,他著有童谣集 *A Child's Garden of Verses*(《一个孩子的诗歌花园》),大多展示儿童冒险好奇的心理。

《人偶》的作者是英国女诗人克里斯蒂娜·罗塞蒂,她是前拉斐尔派画家诗人但丁·加百利·罗塞蒂的妹妹。著有童谣集 *Sing-Song*(《歌诗》),其童谣充满优美的母爱。

《骑马的人》的作者是英国现代诗人沃尔特·德·拉·梅尔,著有童谣集 *Songs of Childhood*(《童年之歌》)及

---

[1] 尼古拉斯耶夫斯克事件:1920年驻尼古拉斯耶夫斯克的日本占领军被苏俄游击队包围,日本兵700余人丧生,122人被俘。

Peacock pie(《孔雀派》)等,其童谣好像月光下的蔷薇,充满梦幻的色彩。

西条八十

1923年12月

图书在版编目（CIP）数据

麦秸的草帽：西条八十童谣全集 / （日）西条八十著；金如沙译 . —— 北京：北京联合出版公司，2020.12
ISBN 978-7-5596-4547-0

Ⅰ.①麦… Ⅱ.①西… ②金… Ⅲ.①儿歌—作品集—日本—现代 Ⅳ.① I313.82

中国版本图书馆 CIP 数据核字（2020）第 182539 号

麦秸的草帽：西条八十童谣全集

作　　者：[日] 西条八十
译　　者：金如沙
出 品 人：赵红仕
责任编辑：夏应鹏
策 划 人：方雨辰
特约编辑：蔡加荣
装帧设计：尚燕平

北京联合出版公司出版
（北京市西城区德外大街83号楼9层　100088）
北京联合天畅文化传播公司发行
山东临沂新华印刷物流集团有限责任公司印刷　新华书店经销
字数100千字　860毫米×1092毫米　1/32　6.5印张
2020年12月第1版　2020年12月第1次印刷
ISBN 978-7-5596-4547-0
定价：48.00元

版权所有，侵权必究
未经许可，不得以任何方式复制或抄袭本书部分或全部内容
本书若有质量问题，请与本公司图书销售中心联系调换。电话：（010）64258472—800